살아 있음의 노래
야인의 바다

장형갑 시집

시인의 말

고향의 잔잔한 쪽빛 바다를 제대로 닮지 못하고, 휘몰아치는 거친 파도와 대거리하려는 야인의 언저리에서 낚아 올린 이야기들을 조심스레 엮어 두 번째 시집을 세상에 내놓습니다.

첫 시집을 통해 느꼈던 부족함이, 배우고자 하는 마음을 보듬어 다시 용기를 냈습니다. 여전히 시를 알아가는 여정 속에 있지만, 이 서툰 글줄에 담긴 진심만은 부디 너그러이 헤아려주시길 바랍니다.

고요한 별빛으로 반짝이는 한려수도는 어느새 부딪히고 깨어지며 거칠게 다가오다 호수처럼 잠들고, 소리 없이 밀려가는 무상의 인생사를 이야기합니다. 제 시어들 또한 끊임없이 흘러가겠습니다.

이 시집을 읽는 분들의 마음에 작은 파동이라도 일으킬 수 있다면 다행이겠습니다. 부족한 저에게 끊임없는 격려와 성원을 보내주시는 모든 분께 깊이 감사드립니다. 부족하지만, 묵묵히 '시'의 길을 걸어가겠습니다.

차례

제3부 나의 노래

제4부 아내에게 바치는 노래

제5부 불가능은 없다

제1부

살아 있음의 노래

살아 있음의 노래

자유의 숨결,
가슴 속 깊이 새겨진 불꽃
존재의 이유는,
스스로 선택하는 삶의 궤적

억압의 그림자 드리울 때,
저항의 깃발 높이 들어라
싸움의 함성,
살아 있음의 웅장한 노래

승리의 달콤함이 보장되지 않아도,
새로운 새벽을 향한 간절한 몸부림 속에,
희망의 씨앗은 싹튼다

해야 할 싸움이기에,
물러설 수 없는 길
넘어지고 부딪히며 나아가는 발걸음마다,
존재의 의미는 더욱 선명해진다

자유를 향한 끝없는 갈망,
그 뜨거운 심장이 뛰는 한,
우리는 살아 숨 쉰다
영원히 저항하는 존재로서

일탈자의 노래

정해진 틀, 반듯한 길 거부하며
낯선 생각의 새벽을 홀로 걷네
숨 막히는 세상의 질서 속에서
오직 자유로운 영혼의 노래를 찾아서

규격화된 언어의 갑옷 벗어 던지고
날것 그대로의 감정 풀어헤쳐
소리 없는 눈물, 때로는 격렬하게
세상의 숨겨진 이면을 드러내네

예측 가능한 결말 따윈 안중에 없어
흐르는 대로, 이끄는 대로 발길 옮겨
일상의 균열 속에서 반짝이는
새로운 의미의 조각들을 줍네

쇳덩이처럼 단단한 진실을 말하고
철없는 아이처럼 순수한 질문 던지며
세상이 외면한 풍경 속에서
아름다움을 길어 올리는 사유思惟

비주류의 감수성으로 세상에 맞서고
익숙한 가치들에 물음표를 던지는
고독한 방랑자, 그러나 저항하는
가슴속 뜨거운 불꽃 간직한 혁명가

그의 일탈은 파문을 일으키고
잠자던 감각들을 깨어나게 하지
정체된 세상에 던지는 날카로운 돌
그것이 바로, 날 선 야인의 외침

가벼운 날개

내세울 이력 없어 꿈마저 저물고
욕망의 화신 하늘마저 가린 듯
물귀신 혀 차는 소리 드높으니
늪에 빠진 듯 눈앞이 캄캄했네

그러나 보라, 굽이굽이 흘러온 길
깨어지고 부서지며 전진하지 않았는가
오늘의 불행 내일의 희망 찾아
눈물 속에 걸어온 고독한 여로

꿈 많은 그 시절, 아득한 미로
이 순간 또한 영원의 한 조각
깊이 드리운 흉터 두려워 마라
끝끝내 걸어갈 자유의 길임을

야인의 고백

뱉어낸 순간 떠난 응축된 언어
그 향기 타인의 가슴에 스며
내 감정 실어 보낸 작은 들국화
그의 마음 다른 파문 일으켰나

그게 아닌데, 애써 속삭여도
그의 마음 이미 다른 곳 향하고
때론 날카로운 화살처럼 꽂혀
내면 깊숙이 숨긴 심장을 찢네

아, 시 쓰기 어려움이여
돌팔이란 낙인까지 감수하며
실없는 소리를 또 던지네
그저, 헛소리 되어 스쳐갈지라도

나만의 신神

밤하늘 밝게 비추는 달빛처럼,
내 창가에 변함없이 머무는 고독
숭고한 실존의 빛줄기, 그의 섭리
끝없이 펼쳐진 시간을 꿰뚫는 듯하네

철학의 칼날이 신을 베었대도,
내 마음속의 신, 선악 너머 존재해
태초의 그를 언어로 가두지 않으니,
나의 모든 순간을 담담히 이해하네

상벌로 삶을 흔들지 않고,
예속과 숭배, 헌신과 희생 강요 않으며
나의 노력과 자유로운 의지 존중하며,
침묵 속 빛나는, 스스로 그러한 존재여

고독의 노래

짙은 어둠 속 홀로 선 그림자
충만한 침묵의 세계, 잔잔한 희망
세상 소리 멎은 곳 사유의 꽃 피어나
내면의 정신 향기, 메마른 영혼 적시네

고통이라 재단하는 그림자
진실 그 너머, 고독 품은 깊은 지혜
위대한 영혼 침묵 속 깨달음 얻고
인식의 지평 넓혀 견고한 탑 쌓았네

고독을 즐기는 자 서늘한 눈빛으로
본질을 꿰뚫고 정직한 미움 품으리
진실한 용기 오롯한 고독 속에 피어나니
피상적인 관계 무엇을 갈망하는가

고독이 두려워 길거리 무리에 섞여
영혼의 깊은 울림 외면하고, 위안 찾는가
고요한 노래 내 가슴 깊이 속삭이네
진정한 자유, 외로운 침묵 속에 있다고

사유의 물결

유한한 육신, 스러지는 숨결
우주의 고독 속에 던져진 미약한 존재
얼음 찬 기류 뼛속까지 스며들어
떨어지는 낙엽을 깨닫게 하네

그러나 침묵 속 깊어지는 사유의 물결
고독의 심연을 넘어선 순간
내 안의 등불 찬연히 타올라
억겁 폭풍 몰아치는 검푸른 파도 위
푸름 껴안은 벼랑 끝 소나무처럼
강인한 자아 홀로 빛 발하네

고독은 절망 아닌 내공의 밑거름
스스로 밝히는 영혼의 불꽃으로
드넓은 우주 속에서
고유한 존재의 의미 새기리

일찍 알았더라면

홀로 걷는 낯선 길, 끝없이 이어지고
고된 마음에 피어난 허상의 이야기들
미혹의 안개 속 헤매이는 마음 붙잡고
생각의 그림자, 기대어 위안 찾네

일찍 알았더라면, 멈춰 섰을 그 자리
흐르는 대로 두둥실 떠내려갔을 것을
소박한 삶에 맞춰 살았을 것을
육신 보듬으며, 그저 흘러갔을 것을

여정의 그림자, 아직 흩날리지만
종결은 결국 같은 빛깔로 스러지리
한때 삶의 전부였던 눈부신 순간들
이제는 침묵과 어둠 속으로 잠기리

기쁨도 슬픔도 공허한 메아리 되어

새벽의 웅크린 날개

차가운 새벽 수평선의 빛
침묵은 의지 홀로 숨 쉬는
작은 새, 움츠린 날개 펴
힘찬 날갯짓 준비하네

슬픔과 고통, 흙먼지 털고
희망의 불씨 심장에 품어
태양을 향해 나아가리라
강철 가지 흔들리지 않고

삶의 무게 굳건히 짊어져
내 안의 자존 증명하리라
짙은 어둠 속 날카로운 별처럼
깊은 고난 속 단단한 뿌리처럼

절망을 두려워 않고
찬란한 내일을 향해 당당히

절망의 푸른 꽃

1.

벼랑 위, 힘겨운 몸짓으로 핀 예술
피 흘린 영혼이 빚은 위대한 아름다움

2.

도덕의 무게, 자아의 깊은 탐험
운명인가, 평범 속 파열하는 슬픔

3.

붓을 든 순간, 금단의 벽을 넘어
현실을 박차고, 푸른 하늘로 비상하는 영혼

4.

예술의 구원, 간절한 환상처럼
고독한 꿈결에 피어난 푸른 꽃
아, 푸른 빛 갈망의 노래

사람의 길을 걷는가

굽이진 산길 홀로 걷듯
때로는 가파르고, 평탄한 그 길
숨 가쁘게 오르다 멈춰 서서
흐르는 땀방울 쓸어 올린다

문득 뒤돌아본 발자국 희미하고
앞으로 나아갈 길 아득하기만 해
잡을 수 없는 바람결에 흔들리고
예기치 않은 비에 옷깃을 적시네

작은 풀잎 하나, 이름 모를 새소리
무심히 스쳐가는 풍경 속에서
문득 깨닫네, 나 홀로 걷는 이 길이
수많은 발자국 이어져 온 사람의 길임을

넘어지고 부딪히고 다시 일어서며
그렇게 한 걸음씩 나아가는 길
환희와 고통, 좌절과 희망 속에서
마침내 도착할 곳, 그 의미를 찾으리

그대 지금 걷는 그 길은 어떠한가
외롭고 험난하다 느껴질지라도
그 발걸음 하나하나 모여
결국, 사람이 가는 길 이루리니

그늘에 핀 문명의 꽃

번영의 빛 아래 드리운 짙은 그림자,
진화된 세계, 당연한 듯 누리는 풍요
그 뒤에 숨겨진 영웅들의 땀과 눈물,
그들은 무심히 복지의 잔만 탐하네

창의의 불꽃, 노력의 결실 외면하고,
획일적 평등의 환상 속에 갇힌 생각들
문명의 원천 뿌리 야금야금 갉아먹는
어리석음 깨닫지 못한 채 표류하네

스스로 짐 지고 고뇌하는 소수의 영혼,
안락한 물결 따라가는 다수의 그림자
태양 향한 갈망 없이, 여명에 안주하니,
전진의 수레바퀴 멈춰 설까 두렵네

선택된 소수 억누르고 횡포 부리는 민중,
정치 사회 문화, 그들 손아귀 갇히고
영웅 아닌, 소수와 대중의 역동적 부조화,
역사의 진실, 망각 속에 희미해져 가네

수백 년 분투 결실, 고운 숲 우거졌건만,
자연의 선물처럼 여기는 안일한 시선,
문명은 깨어있는 눈으로 지켜야 할 탑,
무관심 대중들 나약함 위태롭네

긴장 풀어진 사회, 서서히 무너지리,
오늘 팽배한 불안의 뿌리, 바로 여기에
제 역할 망각한 채 흔들리는 두 개의 축,
참된 도덕성 회복, 희망의 빛 되리

참회의 노래

숨 막히는 욕망의 숲 헤매이며
가슴 속 검은 그림자 짙어갈 때
문득 멈춰 서서 지난날 돌아보니
부끄러움 가득한 발자국들

오만과 아집의 굳건한 탑 쌓아
세상의 빛 외면하고 홀로 갇혀
조화로운 소통 굳게 잠근 채
대의를 바라보는 눈 미처 몰랐네

이제야 깨닫네, 어리석었던 날들
진실은 저 높은 곳에 머무르고
낮은 곳 향한 겸손한 마음만이
우주의 질서, 그 깊은 뜻 알게 하리

흐르는 눈물 속에 묵은 죄 씻고
뉘우침 칼날 굳은 마음 도려내리
텅 빈 마음에 스미는 깨달음 숨결
사랑과 지혜의 씨앗 조용히 움트네

두려워 마라, 넘어지고 부딪힐지라도
회개의 물줄기 끊이지 않도록
마음을 열어 세상을 향해 나아갈 때
비로소 참된 나를 발견하리라

자유의 꽃

자유는 날개, 스스로 펼쳐 날아야 해
교양은 바람, 날갯짓을 도와주지
아직은 서툴러, 책임이 무거워 망설여도
숨지 마, 어리석은 무리 속으로

세습된 굴레, 편안한 유혹 있지만
자유는 고독한 별, 홀로 빛나
책임지고, 자신을 빚어가는 길
정신은 뿌리, 지혜는 샘물 되어

자유의 꽃 피우리, 깊고 푸르게
선택은 지금, 과거도 미래도 아닌
현재의 두 손에
어떤 길을 갈까, 깨어있는 눈으로

자유의 하늘로 날아갈까
안락한 우리 속, 갇힌 새 될까
선택의 순간마다, 역사가 출렁이네

신의 이름 아래

신의 이름 빌려 죄를 짓는 자들
어둠 속에 핀 검은 꽃잎인가
진실 외면한 채 믿음 맹목이니
어찌 밝은 길을 찾을 수 있으랴

참된 가르침은 사랑과 평화로
억압과 착취는 신의 뜻 아닐진데
어리석은 믿음이 낳은 슬픈 그림자
부디 깨어나 진실을 마주하길

인도 카스트와 한국 사회, 계급의 그림자

굽이치는 갠지스, 신화 속 계급의 탑,
불가촉의 눈물은 마를 날 없었네
세월의 강물마저 굳어버린 듯,
보이지 않는 벽은 여전히 높았네

해방의 깃발 아래, 평등을 외쳤건만,
자유의 바람 속에 숙명은 흩날릴까
대한의 하늘 아래 민주주의 꽃피었지만,
보이지 않는 사슬, 씁쓸한 그늘 드리우네

금빛 바벨탑인가, 탐욕의 도시인가,
능력의 가면 뒤에 숨겨진 출발선
흙수저의 탄식은 메아리조차 없고,
계층의 골은 깊어져만 가는구나

브라만, 크샤트리아, 바이샤, 수드라,
현대의 이름으로 바뀌었을 뿐인가
보이지 않는 유리벽, 오르지 못할 탑,
자유와 평등은 먼 꿈인가, 신기루인가

아, 간디의 물레처럼, 다시 돌고 돌아,
카스트의 낡은 틀 부수고, 평등의 씨앗 뿌려,
한강의 물결처럼, 모두 함께 흐르는,
진정한 자유민주주의, 함께 만들어가리

상처 입은 꿈

문학 예술인, 그대는 모순의 화신인가
부와 쾌락 찬란한 빛 탐하면서도
예술의 고독한 심연 내핍을 말하는가

성의 그림자 아래, 쾌락 숨기는 자여
반쾌락 본능 그대 영혼 나침반인가
시대 속에 변치 않는 인간의 욕망이여

모든 것이 충족된 풍요의 정원에서
문학은 설 자리 잃고 방황하며
좌절된 욕망과 상처 입은 꿈들이
마음 깊은 곳 샘물을 찾아 헤매네

희로애락 파도처럼 출렁이니
캔버스 위에 '詩'라는 그림 그려
욕망과 고통, 환희와 슬픔 뒤섞인 색채로
인간 존재의 허망을 노래하네

지성의 무게

광장의 핏빛 노을, 짓밟힌 역사의 포효
무지無知의 철갑 아래 스러진 지성의 절규
그 뜨겁던 양심 외면한 침묵의 무게
가슴 속 검은 멍울로 짓누르네

생각하는 갈대, 바람 앞에 꺾일지라도
진실 향한 의지, 굳건한 뿌리 되어
어둠 속 길을 묻네,
양심의 나침반 어디를 향하나
정의의 칼날, 진실의 깃발 아래 빛나리

부정과 불의의 뫼비우스 띠,
부끄럼마저 잃은 얼굴들
가면극 속 던져진 묵직한 질문
침묵은 공모, 비겁한 외면은 역사의 죄악

미래의 이름으로 절규한다
지금, 우리는 어디에 서 있는가
흔들리는 갈대밭 홀로 핀 붉은 꽃,
꺼지지 않는 외침으로

세상을 움직이는 기적

한 자루 펜 끝에
숨 쉬는 잉크의 바다
고요히 잠든 듯
꿈틀거리는 언어들

하얀 종이 위에
새겨지는 획 하나하나
침묵을 깨고
세상을 향해 나아간다

때로는 부드러운 바람처럼
감미로운 속삭임으로
때로는 날카로운 칼날처럼
숨겨진 진실을 드러내며

희망을 잃은 이들의 노래 되어
분노한 침묵의 함성으로
불의에 맞서 싸우리라

펜은 작은 칼날
세상을 베는 지혜의 칼날
펜은 밝은 등불
어둠을 밝히는 희망의 등불

한 자루 펜의 힘
세상을 움직이는 기적
오늘도 펜을 든다
새로운 역사를 써 내려가기 위해

폭풍우 치는 황야

차가운 이성, 날카로운 욕망 되어
메마른 가슴 타인의 고통 외면했네

퇴색한 믿음, 탐욕의 가면을 쓰고
이기심 늪에 영혼은 나침판 잃었네

찬란한 문명, 드높은 이상조차
폭풍우 속에 길을 잃고 방황하네

어둠 속 간절히 찾는 한 줄기 빛
이제 참회의 손길로 함께 일어서리

마음의 나침반

눈 감아도 코끝의 숨결 느끼듯
고요한 마음의 나침반, 길을 밝혀
세월의 흔적 새긴 지혜의 북극성 찾아
뜬눈으로 지새운 진실을 묻네

가까운 숨결로 먼 우주의 떨림 느끼듯
나를 살피듯 타인의 깊은 울림 헤아려
요란한 지식 믿음의 숲 잃은 세상
메마른 가슴마다 사랑의 씨앗 심으리

스스로 얽어맨 욕망의 굴레 벗고
본성의 순수한 바람 따라 달리며
짙은 안개 속 희미한 별빛 따라
하얀 달 내면의 주름살 펴고

서로의 온기 나누는 어깨 기대어
사유의 조화 속에 눈부신 여명
스스로 만든 닫힌 방 문을 열고
빛 속에서 손잡고 함께 나아가리

푸른 별

푸른 벼랑 끝 홀로 서서
바람결에도 굳건히 안으니
깊은 뿌리, 흔들림 없이
오롯한 힘, 하늘 향해 뻗어

세상 잣대에 흔들리지 않고
마음 깊은 곳 깨달음은
밤하늘 빛나는 별과 같아
날카로운 시선에도 두려움 없네

내 안의 정의로움은
침묵 속 천둥처럼 울려
모진 세상 말에 맞설 필요 없이
고요한 내면의 호수 잔잔하여라

오직 스스로의 존재 이유
맑고 푸르게 빛나니
세상 옳고 그름 넘어
홀로 푸른 빛 발하고

채우려 않으나 넉넉하여
기대지 않아도 스스로 완전하니
푸른 벼랑 홀로
영원히 푸르도록 우뚝 서리라

다양한 질문의 씨앗

익숙한 풍경 속에 드리운 낯선 그림자,
무심히 지나쳤던 돌멩이의 숨겨진 의미
나를 얽매던 당연함의 끈을 풀어
새로운 각도로 세상을 바라보라 속삭인다

내 삶의 캔버스 위에 덧칠해진
숱한 이야기들의 진실을 묻고,
습관처럼 따랐던 발자국 너머
미지의 길을 조심스레 더듬어 본다

세계의 거대한 물결은
늘 작은 질문 하나에서 시작되었으니
쉬운 해답의 달콤한 유혹을 뿌리치고,
복잡한 질문의 숲속으로 나아가자

하나의 닫힌 세계가 아닌,
가능성이 숨 쉬는 다채로운 세계와 만날 때,
자유와 평등의 바람은
다양성의 씨앗을 품고 새로운 세상을 피우리라

침묵하던 입술을 열어
낯선 질문을 던지는 순간,
낡은 세계의 문틈 사이로
새로운 변화의 빛줄기가 스며들 것이다

살아있는 신神

쌓인 곡식 아래 굶주린 그림자
가진 자 창고 채우는 마른 눈물

찬란한 미래보다 눈앞의 고통
손 내미는 따뜻함, 그것이 사랑

거창한 구호보다 작은 움직임
행동의 아름다움 따라 걷기를

지금 여기, 고통받는 사람의 손
잡는 마음, 진정한 사랑이리라

아카시 꽃

달콤한 바람결, 아카시아 향기
수줍은 흰 꽃잎, 숨겨진 교태
사랑스러움 뒤에 감춰진 뿌리의 속삭임
침묵 속의 치열한 약탈

뻐꾸기 울음 아래 깨지는 뱁새 알
아카시 그늘 아래 스러지는 이웃
향기로운 기생, 숲을 삼키는 탐욕
꽃잎 속에 숨긴 날카로운 송곳니

아, 아름다운 이름 아래 드리운 검은 그림자

제2부

조국을 위한 노래

조국을 위한 노래

I.
푸른 강물 굽이쳐 흐르는 대한의 아침
오랜 역사 피어난 찬란한 문화의 향기
시련의 바람에 꺾이지 않던 강인한 정신
아, 영원한 나의 조국, 그 이름만으로 가슴 벅차오네

II.
드넓은 들녘에 새겨진 땀방울 역사
선조들의 뜨거운 숨결, 굳건한 의지의 노래
고난을 이겨낸 숭고한 희생, 붉은 꽃잎 되어
이 땅에 영원히 피어나라, 자랑스러운 대한민국

III.
찬란한 문화유산, 세계에 빛을 발하고
새로운 시대 향해 나아가는 젊음의 함성
미래를 개척하는 용기와 지혜, 온 누리에 떨치리
행복과 번영의 노래, 영원히 함께 부르리라

IV.
하늘 향해 뻗어가는 우리의 꿈과 희망
하나 된 마음으로 만들어갈 더욱 위대한 조국
사랑하는 나의 대한민국, 영원히 빛나소서
세계 속에 찬란히 빛나는 자랑스러운 이름이여

혼돈의 성찰

격랑의 세월, 풍진의 역사 속에
켜켜이 쌓인 혼돈의 그림자
찬란한 아침 햇살 아래 드리워진
어둠의 속삭임, 갈등의 노래

솟구치는 욕망, 멈추지 않는 질주
그 끝은 어디인가, 잃어버린 나침반
첨탑처럼 솟은 빌딩 숲 사이로
낯선 얼굴들, 메마른 눈빛

광장의 함성, 분노의 외침은
허공을 맴돌고, 메아리조차 희미하다
나누어진 땅, 갈라진 마음들은
하나 될 수 없는 평행선인가

침묵하는 다수, 방관하는 지성
진실은 저편으로 숨어버리고
가짜 뉴스의 홍수 속에서
길을 잃은 채 헤매이는 영혼들

아, 대한민국, 혼돈의 심연 속에서
우리는 무엇을 성찰해야 하는가
깨어진 조각들을 하나하나 맞춰
새로운 희망의 그림을 그려낼 수 있을까

역사의 수레바퀴는 멈추지 않고
미래는 알 수 없는 안개 속에 가려졌지만
부딪히고 깨지며 나아가는
우리의 발걸음만이 답을 찾을 수 있으리

꺼지지 않는 불꽃으로

잿빛 하늘 아래 멍울진 역사
붉은 낙인, 낡은 그림자 덧칠하는 손
미래를 짓는다는 숭고한 외침 속에
어찌하여 퇴색한 언어로 서로 겨누는가

찰나의 순간, 삶의 전부를 담아
꽃잎처럼 피어나 덧없이 스러지나니
존재하는 모든 것 그 순간 맞이하거늘,
어찌하여 묵은 먼지 속 헤매는가

찬란했던 배달의 혼, 맑고 밝은 기상,
겨레의 긍지 드높았던 그 시절은 어디에
한순간 망각이 쌓아온 탑 허물 듯,
위태로운 갈림길 앞 조국의 운명이여

밤하늘 차가운 별빛 아래 홀로 깨어,
스물한 세기 푸른 여명을 염려하나니
부디, 낡은 허상에서 벗어나
홍익인간 원래 모습으로 깨어나소서

꺼지지 않는 불꽃처럼
역사의 어둠을 뚫고 나아가
새로운 희망 노래 함께 부르리
찬란한 대한의 부활, 간절히 염원하며

불멸의 혼

압록의 푸른 물결 동해로 흘러
반만년 역사 속에 피어난 겨레
고난의 세월 속에 꺾이지 않고
굳건히 지켜온 대한의 혼이어라

북녘의 찬 바람 옷깃을 스치고
분단의 아픔이 가슴을 저미어도
겨레의 하나 됨을 잊지 않으니
통일을 염원하는 불꽃 타오르네

역사의 어둠 속에서 길을 잃고
좌우의 이념 속에 갈등할지라도
진실의 외침은 멈추지 않으리
하나 된 조국 향한 뜨거운 열망

배고팠던 시절 가슴에 새기고
땀 흘려 이룩한 오늘의 번영
미래 향한 웅대한 꿈 펼치리
함께 만들어갈 찬란한 대한민국

강철 같은 의지로 위기를 헤치고
하나로 똘똘 뭉쳐 나아갈 때
불멸의 혼은 영원히 빛나리
대한의 이름으로 세계에 떨치리라

영원한 여명의 민족

푸른 숨결 머무는 자리, 변함없이 거기
스스로 충만한 세계, 자연의 노래
밀림 속 깊은 곳, 죄책감 없는 자유
야만으로 돌아가 영원을 꿈꾸네

침입 없는 고요, 깨어지지 않을 결의
원시의 불꽃, 꺼지지 않는 환희
영원한 여명의 민족, 시간마저 멈춘 듯
한낮의 열기 없이, 새벽에 머무르네

별의 몰락

하늘 빛, 힘없이 스러져 땅에 닿듯
찬란했던 날개, 속절없이 흩날려
밀려난 자리, 싸늘한 외면 감도는 곳

애끓는 가슴, 야속한 운명의 손 붙잡고
솟으려는 몸부림, 꺾여버린 나무처럼
부러진 가지 움켜쥐고, 흐느끼는 그림자

지난날의 영광, 희미한 잔상 좇아
돌아갈 수 없는 강물에, 홀로 우짖네
스스로 갉아먹는, 깊은 절망 속으로

처진 영혼, 벗어날 수 없는 슬픈 굴레
한번 떨어진 별, 돌아갈 길 잃어
영원히 닿을 수 없는, 아득한 저 하늘

한 송이 꽃 위해, 짓밟힌 가냘픈 잎처럼
메마른 대지에 스며든, 한없는 눈물
그 처참한 풍경 속에서, 희미해져 가는

대기권 밖 유성의, 마지막 떨리는 숨결

쇠사슬의 묵시록

핏빛 잉크로 새겨진 예언,
노부유키 식민 검은 혀 날름거린다
분열의 씨앗은 대지 깊숙이 박혀
스스로 족쇄 채우는 어리석은 군상들

해방은 헛된 구호였던가,
지배의 손아귀 더욱 음험하게 뻗고
신민화 거미줄 촘촘히 드리워
숨 막힌 침묵 속에 길을 잃는다

역사의 강물은 왜곡되고,
복지의 단맛 뒤엔 예속의 쓴 재,
노동찬가는 절망의 비가 되고,
교육의 요람 순종의 감옥된다

매스컴은 거짓의 나팔을 불고,
경제는 탐욕의 덫을 놓아,
정치는 기만의 가면극 연출하니
숨겨진 칼날은 대중의 심장을 겨눈다

구조의 맹점을 외면한 채,
개인의 무능만을 질책하는 비극,
분노해야 할 곳을 향하지 못하고,
서로를 할퀴는 짐승들의 울부짖음

깨어라, 잠든 영혼들이여!
쇠사슬을 끊고 묵시록의 장을 열어라!
지배의 심장을 꿰뚫는 날카로운 외침,
낡은 질서 부수고 새로운 새벽 맞으리라!

민주주의를 아십니까

광장의 함성, 촛불의 물결
억압의 그림자 걷히고
자유의 바람 드높이 불어
모두의 목소리 하나 되어 울릴 때

아, 그 뜨거운 숨결
그 떨리는 외침
그것이 민주주의인가요

낡은 관습의 쇠사슬 풀고
서로의 다름 존중하며
견제와 균형의 탑을 쌓아
오직 정의와 평등을 향해 나아갈 때

아, 그 숭고한 염원
그 끊임없는 노력
그것이 민주주의인가요

때로는 흔들리고
때로는 길을 잃을지라도
깨어있는 시민들의 힘으로
마침내 희망의 꽃 피우리니

아, 영원히 꺼지지 않는 불꽃
역사의 흐름 속에 빛나는
그 이름, 민주주의를 아십니까

새벽의 노래

고요한 어둠 속, 숨죽인 세상
별들의 속삭임, 희미한 은빛 노래
아직 잠든 대지, 꿈결 같은 침묵
그 속에 깨어나는, 작은 떨림 하나

차가운 새벽 공기, 뺨을 스치는 순간
묵직한 정적을 깨고, 새벽새 우짖네
밤의 장막 걷히고, 희미한 빛 번져
새로운 시작 알리는, 희망의 속삭임

어둠 속에서 피어난, 간절한 기다림
침묵 떨쳐 솟아오르는, 웅크린 외침
미약한 떨림은, 점차 강렬한 파동으로
새로운 아침 향해 나아가는, 힘찬 발걸음

어제의 슬픔, 오늘의 불안 모두
새로운 햇살 아래, 희미하게 녹아
가슴 깊은 곳에서, 솟아나는 벅찬 기대
찬란하게 밝아올, 희망의 푸른 노래

시궁창 찬가

더럽다 욕하며 침 뱉는 곳
탐욕의 혀는 연신 낼름거린다
썩은 물인 줄 알면서도
뛰어들 줄을 서니 아이러니라

깨끗한 척 외치는 검은 혀들
진실한 눈빛은 애초에 없었다
진흙탕 싸움만이 그들의 놀이터
진리의 외침은 메아리조차 없다

손가락질하며 외면하는 자
스스로 멍에 짊어짐 왜 모르는가
외면과 저주 속에 싹트는 검은 욕망
정화의 기회는 그렇게 멀어져 간다

아, 어리석은 자 누구인가
제 발로 썩은 웅덩이를 키우는 자
침묵과 냉소는 공범일 뿐
깨어난 눈으로 응시해야 할 것을

태풍의 허상

62

부조화 현상, 유익한 산들바람
허약한 마음속 똬리 틀지라도
태풍의 격랑은 예보하지 못한
분노의 파도, 모든 것을 휩쓴다

영웅심 휩싸인 덧없는 폭풍우
이성을 잃고 대양을 달리지만
고기압 대기변화, 얄팍한 수명
그 작은 이해타산 흐트러지면

격렬했던 열정은 한순간에
추풍낙엽처럼 휘날린다네
깨어나라, 속단한 그대 환상에서
얼음 꿰뚫는 소신 당당히 갖춰라

덧없는 영화榮華

높은 누대樓臺 아래
권세權勢는 용처럼 꿈틀대고
넓은 전장戰場 위에
영웅英雄은 호랑이처럼 맞섰네

차가운 눈빛으로 바라보니
모여든 개미 떼 비린내 쫓고
날아든 파리 떼 붉은 피 탐하네

손에 쥔들 영원할까, 그 부귀영화
나눠 가질 수 없는 덧없는 꿈인가
탐욕貪慾의 칼날 아래 붉게 물든 세상
냉정한 눈빛만이 진실을 말해주네

38 강철 심장 박동하는 땅

1.

하늘 찢는 굉음, 숨죽인 언덕
쪽빛 한려 가슴팍에 던져진
붉게 물든 너의 낯빛 위로
잊었던 섬세한 칼날 아프게 스친다
젖은 눈망울 속 사무친 외침은
메아리 되어 푸른 물결 아래 번져가고

2.

거대한 그림자 드리운 잿빛 땅 위
찬란한 발전의 폭죽 뒤에 숨겨진
신음하는 자연의 마지막 숨결
닿을 수 없는 숲의 푸른 절망
짓밟힌 몸부림, 붉은 꽃잎 흩날린다

3.

선혈 깊이 새겨진 침묵의 눈물
모든 것을 지우려 했던 어리석음
지울 수 없는 과거의 흉터
미래 향한 덧없는 맹세는
무거운 쇳덩이 되어
숨 막히는 현실을 짓누른다

정치 재난의 철조망

무너진 탑, 잿빛 하늘 아래
희망은 찢어진 깃발처럼 펄럭인다
절망의 심연, 그 검은 눈빛으로
똑바로 마주해야 할 시간

아름다운 꿈들의 잔해 위로
차가운 바람이 불어와 속삭인다
역사의 뼈대가 드러난 자리
날카로운 철조망 박으리라

저들의 능숙한 손놀림,
재앙을 덮고 미래를 조작하는
그 검은 바늘을 부러뜨릴
분노의 눈, 깨어난 역사의 숨결

허무의 그림자 짙게 드리워도
재난 속에 숨겨진 질문 놓지 않으리
부서진 조각 속에서 길을 찾고
침묵의 틈새 긍정 씨앗 발견하리

절망을 응시하며 희망을 짓는
재난의 철조망, 이제 필요하다

투명한 감옥, 고독한 왕관

어둠은 썩은 권력의 젖줄,
유리 감옥에 가두어 드러내라
하늘도 중원도 아닌, 민초가 빚은 칼,
외로운 왕관 아래, 국민은 환호하리

깨어난 주먹, 부패한 아성을 부수고,
나뉜 권력은 서로의 목을 겨누게 하라
견제와 균형 속에, 탐욕은 꺾이고,
겨레의 함성 드높여, 낡은 질서 찢으리

더 이상 머슴 아닌 불타는 눈빛의 주인,
짓밟힌 존엄 되찾아, 깃발을 올리리
시커먼 권력, 역사의 쓰레기통에 던져라
고독한 권력의 절규, 자유의 노래 퍼지리라!

거짓의 뫼비우스 띠

거짓의 칼날은 혀끝에서 춤추고
달콤한 속삭임은 독사의 송곳니
한 번의 외면이 낳은 그림자는
끝없이 길어져 세상을 덮는다

지혜로운 이는 침묵 속에 진실을 보고
어리석은 이는 화려한 말에 흔들리네
말은 씨앗 되어 행동의 숲을 이루지만
거짓의 숲은 텅 비고 쓸쓸하네

잿빛 하늘 아래 허무한 광대춤
탈주의 날개는 어디에 숨었나
침묵하는 양심의 횃불을 밝혀
어둠을 건어낼 용기를 주소서

단 한마디 진실로 족쇄를 부수고
새로운 세상 맞이할 수 있기를

절망의 끝에서

기만과 술수, 허울 좋은 가면극
모든 마법의 포획을 벗어던진
날것 그대로의 기생충이
광활한 권력의 무대에 올랐다

지속될 수 있을까, 이 기나긴 실험
무의미 몸짓이라 단정할 수 있을까
분노와 혐오의 격랑 속에서
역설적으로 대중의 눈은 더욱
정치라는 심연을 파고들었다

첨예하게 날 선 비판의 칼날
무관심의 늪은 메워지고
숨겨진 진실을 향한 갈망은
불꽃처럼 타올랐다

최악의 풍랑 속에서도
꺼지지 않는 희망의 불씨
부조리한 현실을 직시하며
우리는 묻는다, 그리고 외친다

이 혼돈의 끝에서
새로운 새벽은 밝아올 것인가
침묵하는 다수의 함성이
마침내 세상을 뒤흔들 것인가

아직은 알 수 없지만
절망 속에서도 피어나는
작은 희망의 조각들을 모아
우리는 나아갈 것이다

넘어지고 부딪히고
상처 입을지라도
포기하지 않는 영혼의 노래
그것이 바로, 우리가 살아남아야 할 이유

강렬한 절망의 끝에서
피어나는 한 줄기 희망
그것은 꺾이지 않는 의지
시대의 어둠을 꿰뚫는 빛

잿빛 아래 핀 검은 욕망

환한 미소 뒤 감춰진 검은 속삭임
권력의 단맛에 길들여진 혀는
국민의 고단한 삶 외면한 채
제 배 채우기 바쁘다

잠시 호의는 가면극의 한 장면
자리보전 위한 어설픈 몸짓일 뿐
진심은 잿빛 가면 아래 숨어
탐욕의 붉은 눈빛을 번뜩인다

내가 던진 한 표는 텅 빈 메아리 되어
정책의 언저리조차 맴돌지 못하고
비능력이 활개 치는 공천의 늪에서
신뢰는 이미 오래전에 침몰했다

선거라는 이름의 낡은 수레바퀴는
의미 없는 회전만 거듭할 뿐
권리와 의무의 껍데기만 남은 외침 속에
우리는 멍하니 투표를 강요당한다

이제 멈춰 서서 묻는다
우리가 부여한 힘은 어디로 흘러갔는가
되돌아보지 않은 어리석음에
깊은 한숨의 쉼표를 찍는다

다수결 민주주의 견제하라

찬란한 깃발 아래 모인 외침들
하나의 목소리가 세상을 덮을 때
숨 막히는 침묵 속에 갇힌 소수
그들의 이야기는 어디에 머무나

강물이 흐르듯 도도한 다수의 뜻
거스를 수 없는 힘에 휩쓸릴 때
모래알 같은 소망들은 흩어지고
다름의 빛깔은 그림자 속에 잠기네

승리의 팡파르 속에 가려진 눈물
외면당한 작은 목소리의 절규
다수라는 이름의 거대한 그림자
그늘 아래 잊혀진 가치는 없나

견제하라, 맹목적인 추종을
깨어있으라, 다수의 폭력 앞에
찬란한 민주주의의 이름 아래
소수의 권리 또한 꽃피우리니

새벽의 맹세

어둠 가르는 바람결, 별빛마저 숨죽인 밤
침묵 속 불멸의 의지, 심장의 불꽃 타오르네

시련의 벼랑 끝, 뜨거운 이름들이여
숭고한 희생 위에 선 조국, 새벽 향한 염원

불의의 그림자 짙어도, 굴하지 않는 혼
자유의 함성 드높이, 정의의 태양 믿는다

창공의 맹금처럼, 미래 향한 뜨거운 열정
불의에 맞서 싸우리라, 푸른 희망 지켜내리라

변치 않는 가치, 정의와 평화의 세상
함께 나아갈 공동체, 영원한 횃불 밝히리라

웅장한 산맥의 기상, 거친 파도의 용맹으로
새로운 역사 쓰리라, 새벽종 울릴 때까지

지옥으로 가는 길

송곳니 밤의 군주, 붉은 갈망 삼키며
죄책감 그림자 드리울 리 없으리
굶주린 호랑이 발톱 아래, 떨리는 생명
악의의 저울 따위, 꿈에도 없으리라

인간의 식탁 위에 놓인, 익숙한 희생
그 칼날의 무게, 과연 악이라 할 수 있을까
본능의 외침, 생존의 몸부림 속에서
선악의 경계는 흐릿해져만 가네

악마의 심장, 검은 심연의 거울 속
늘 그림자 드리웠을 뿐, 후회의 빛 없으리
그의 모든 발자국, 파멸의 흔적일지라도
스스로 악이라 여기지 못하는, 숙명의 존재

돌아보면 인간의 길, 수많은 눈물 자국
악의의 칼날보다, 선의의 깃털이 더 아팠던가
꽃잎처럼 흩날리는, 순수한 의도 파편들이
예기치 못한 불행의 씨앗 뿌리기도 하니

나를 덮친 불운의 그림자, 그 시작을 더듬어
악의 손길보다, 무심 호의에 더 아팠던가
선의의 이름 아래, 포장된 쇠창살
지옥으로 향하는 길, 그 덧없음이여

누군가 속삭였지, 차가운 진실을
"지옥으로 가는 길은, 선의로 포장되어 있다"고
따뜻한 마음 놓아간, 그 어긋난 발자국이
결국엔 절망의 심연으로, 우리를 이끌지 모른다고

쓰러진 꿈 엇갈린 풍경

푸른 기와 아래 꿈꿨던 세상은
어느덧 낯선 그림자로 드리우고
곳곳마다 스며든 균열의 아픔은
메마른 가슴속 깊이 새겨졌네

곳간의 곡식은 채워지지 않고
나눠 가진 희망은 빛을 잃어
기울어진 저울 평등을 외면하고
먼발치 서민들 눈물짓는 그림자

"함께" 외치던 그 맹세는
공허한 메아리로 흩어지고
견고한 성벽 그들만의 리그는
더욱 높아져만 가는 아이러니

미래를 짊질 젊음의 어깨 위로
덧없이 쌓여가는 무거운 짐
"공정"의 외침은 허공을 맴돌고
특권의 사슬은 더욱 단단해졌네

과거의 잔상에 갇힌 외침들은
변화의 물결에 닿지 못하고
새로운 기득권의 그림자 아래
서민의 꿈은 희미해져 가네

아, 스러진 꿈, 엇갈린 풍경
어느덧 멀어져 버린 약속의 노래
차가운 현실의 벽 앞에서
정의의 눈물은 마를 날 없네

자유, 그 스산한 그림자

핏빛 깃발 아래
차가운 바람처럼 스쳐간 해방
그 숭고한 대가, 잊혀지지 않는 희생이여
손에 남은 자유는 어찌 이리 텅 빈 무게인가
텅 빈 광야의 고독
어깨를 짓누르는 책임의 그림자

갈망했던 이상, 덧없이 부서지고
자유의 날카로운 조각들은
영혼 깊숙이 스며드는 아린 통증
그들은 흐느끼며
낡은 질서의 그림자를 좇나니
전체주의의 감미로운 속삭임
허망한 안식처를 찾아서

나약한 영혼들은
스스로 굴레를 씌우고
자신의 날개를 꺾은 채
우상의 차가운 발치에 엎드리네
강자의 그림자에 숨어
약자를 짓밟는 메마른 본성
파시즘의 검은 씨앗이 되어
역사를 스산하게 물들이는구나

진정한 자유는
텅 빈 들판에 홀로 선 자의 몫
끊임없이 흔들리고 고뇌하는 의지
그 고독한 여정 끝에
희미한 새벽빛을 맞으리
싸늘한 자유의 잔향 속에서
덧없이 스러지는 희망을 바라보며

격랑의 노도 激浪의 怒濤

날카로운 발톱의 파도가 할퀸 흔적,
고요한 수면 아래 숨겨진 맹수의 피가 터져
격렬한 물결이 송곳니를 드러내며 덮쳤다
루사가 할퀴고 간 깊은 상흔 위로,
매미의 처절한 울음 뒤에 남겨진
힌남노의 무자비한 발자국 아물지 못하고
통발배와 정치망, 삶의 덧없는 터전마저
분노한 파도는 삼켜버렸다, 흔적조차 없이

씻을 수 없는 시뻘건 파도가 덮쳤다
동해의 속초 강릉 삼척 울진 경계를 넘어,
남해와 서해의 푸른 심장을 할퀴며
광기에 물든 무력 도발선의 무자비한 포효,
썩어 문드러진 주체사상의 헛된 깃발,
"핵미사일 책임진다" 기만적 속삭임은
역겨운 망상의 붉은 파도였다
역사의 물결을 더럽히는

하늘을 솟구치는 파도 광화문 심장을 덮쳤다
찢어지는 절규 하늘을 가르고 땅을 울렸다
간악한 기회주의자들이여! 역사의 그림자에 숨지 마라!
시커먼 술수꾼들이여! 민중의 눈을 가리지 마라!
비겁한 방관자들이여! 정의의 외침에 귀를 막지 마라!
더러운 탐욕의 흔적을 당장 거두어라!
분노한 파도가 삼켜버리기 전에!

NLL을 자유롭게 넘나드는 푸른 물고기
진실을 외면하고 양심을 저버린 채 돌려보내지 마라
남과 북의 물결이 하나 되어 넘실대듯
자유와 희망의 씨앗을 삼면의 바다에 뿌려
억압과 분단의 장벽을 허물고, 평화의 노래를 퍼뜨리
도록!

삶의 터전인 푸른 바다는
전쟁과 평화의 처절한 격전장이었다
산자의 통곡과 스러져간 자의 절규가
끊임없이 부딪히는 파도처럼
역사의 해안에 부서진다
결국, 거친 바다는 두려움 없이 싸워야 하는 파도의 길
이었다

신흥종교

사회 정의 허물어진 땅,
벙거지 아래 숨긴 얼굴들
스스로 도덕이라 믿는 그곳에서
부당한 이익을 탐한다

윤리 도덕 짓밟혀도
낯빛 하나 변하지 않네
검은 목적 감추기 위한
거짓의 가면, 능숙한 전략일 뿐

능란한 거짓말의 연극은
순박한 주민들을 속이고,
짓궂은 미소 뒤편엔
스스로 위선 아닌 척 능청스럽다

허나, 벙거지 쓴 자들만의 죄랴
깨어있지 못한 민초들의
어리석음 또한 크나니
동서고금, 권력의 속성은 매한가지

잡고 쥐고 놓지 않기 위해
서슴없이 자행되는 정치적 농락
그 거짓의 덫에 걸려 허우적인다
나라의 주인인가, 힘 없는 백성인가

태풍에 꺾인 작은 섬

핏빛 오만과 독선,
탐욕 삼킨 채 멎어버린 잿빛 심장
땀의 의미 퇴색한 채 떠도는 망령들,
눈먼 사유의 역겨운 나신,
폭우 쏟아져 닫힌 가슴 짓밟는다

정의는 썩은 흙탕물에 처박히고,
양심마저 벙어리 침묵의 시대
썩은 웅덩이 속 헛된 망언 울부짖고,
광장의 그림자는 날카로운 송곳니를 드러낸다

삼면 바다, 하나였던 뜨거운 기억,
달과 별처럼 함께 나아가야 할 운명
허나, 역사의 무자비한 수레바퀴 아래
산산이 부서질 듯 흔들리는 조국

손톱만 한 겸손조차 없이
텅 빈 대갈 터져 나오는 광기의 외침,
날카로운 칼날 난무하는 죽음의 난장판,
모든 것이 뒤틀리고 절망스럽다

마지막 숨조차 끊어져 버린 노란 잎
썩어 문드러진 낡은 가치관 위에
새로운 싹 틔울 거름 되리라
자연의 냉혹한 순환 몸부림,
질서를 거스르는 오만한 인간의 어리석음

짓밟힌 발전의 절규를 되새기며
피로 물드는 내일을 향해 묻는다
나는 대체 무엇을 해야 하는가
태풍 속 처절하게 홀로 선 작은 섬처럼
분노와 고뇌로 밤을 지새운다

가면 뒤의 맨얼굴

위선의 시대

감춰진 칼날, 달콤한 미소 뒤
속삭이는 거짓, 포장된 진실
남의 눈 의식해, 꾸며낸 선의
하얀 가면 속에, 검은 욕망 숨기네

후안무치 시대

붉은 혀 날름, 탐욕의 눈빛 번뜩
부끄럼 모르는, 당당한 외침
오직 제 이득, 노골적인 갈망
가림막 걷어찬, 맨얼굴 드러내네

체제의 그림자

권력의 단맛에, 길들여진 가면극
정의는 희미해지고, 기만은 춤춘다
허망한 외침은, 메아리 되어 퍼지고
양심의 소리는, 침묵 속에 묻히네

아아, 위선과 후안무치 똬리 튼 세상
진실은 어디에, 정의는 어디에 있는가
가면을 벗고, 맨얼굴 마주할 용기
침묵을 깨고, 진실을 외칠 용기

강물처럼 흐르는, 역사의 물줄기 속
부끄러움 아는, 붉은 심장 뛰게 하라
가짜 미소 거두고, 날카로운 눈빛으로
진실의 깃발 높이, 당당히 나아가라

검은 광장

1.
잿빛 캔버스 위에 먹빛이 번진다
광장은 침묵의 심장, 검은 숨을 쉰다
재앙 아닌 재앙, 스며드는 절망의 안개
무너진 믿음의 잔해, 흩어진 희망의 조각들

한때 푸르렀던 약속의 땅은
핏빛 잉크에 잠겨, 검은 비명을 토하고
거대한 그림자가 덮친 자리마다
메마른 절망만이 굳게 뿌리내린다

2.
넘실대는 어둠의 강물은
모든 가치를 휩쓸고, 진실을 침몰시킨다
굳건했던 정의의 나무는 꺾이고
정치의 이름은, 억압의 가면이 된다

보이지 않는 손, 음험한 손짓 아래
다수의 그림자는 칼날이 되어
소수의 심장을 꿰뚫는 밤
병든 정치의 늪, 희망은 희미한 별빛

3.
침묵의 장막 뒤에 숨겨진 울음소리
외침은 텅 빈 광장에 흩어지고
꺼져버린 광장의 불빛 아래
검은 절망의 그림자가 춤춘다

이것은 절망의 연대기인가,
침몰하는 시대의 자화상인가
잠든 영혼아, 굳게 닫힌 눈을 떠라
가슴 속 깊이 끓어오르는 분노의 불꽃을
침묵하는 광장에, 다시 타오르게 하라

웃음의 끝, 그 심연 마주하며

위선 가득한 그대, 숨겨진 칼날이 날카롭다
든든한 갑옷, 교묘한 전략의 산물
상식 아래 탐욕, 가면극 무대 위 권모술수
평등이란 기술로 진실을 가린다

드러냄의 극치, 위선은 날카로운 창 되어
상대의 허점을 찌르고 아픔을 후벼 판다
어둠을 남에게 덮어씌우고
반어로 진실을 비튼다

허허, 이 답답한 현실을 웃어넘기자
격렬한 시간 속 웃음은 잠시 위안
그러나 웃음꽃 피는 순간에도 질문해야 한다
이 웃음의 끝은 무엇을 향하는가
짓밟힌 정의인가, 외면당한 진실인가
가려진 눈물인가, 메마른 절규인가

웃음 뒤 검은 속내를 꿰뚫어 보고
떠밀려 웃을 것이 아니라 끝을 응시해야 한다
찰나의 웃음 뒤 그림자를 간과해선 안 된다
웃음의 끝, 그 심연에
나의 책임과 미래가 놓여 있다

마태복음 26장, 그 후

하늘의 칼날을 휘두르던 검객은
제 손으로 제 팔을 베어냈네
정의의 화신이라 칭송받던 그 팔은,
뒷골목 칼잡이의 흉터였을 뿐

사람에게 충성하지 않았으니,
법과 제도를 따르는 후배들은
그저 흘러가는 물결을 따랐을 뿐
자업자득, 자작자수라 읊조리며

바다를 사랑했으나,
상어의 날카로운 이빨은 거부했네
자유를 위한 싸움은 끝나지 않았고,
그 물결은 여전히 거세게 일렁이네

그대는 이제껏, 과연 옳았는가
뿌린 대로 거두는 법,
국민의 편안함을 외면한 죄,
그 무게를 어찌 감당하려 하는가

제3부

나의 노래

나의 노래

깎아지른 벼랑, 불어오는 소금기 머금고
애처롭게 흔들리는 작은 잎새 하나
붙잡을 수 없는 세월의 바다에
덧없이 떨어져 파도에 누우리

가슴 저미도록 숨 쉬는 작은 섬, 애환 안고
새로운 생명 탄생하는 자리, 묵묵히
거스를 수 없는 자연의 섭리
돌아가는 생명의 아름다운 눈물

저무는 해와 떠오르는 달처럼
간절한 염원 삭인 인고의 시간 속에
나는 지금 어디를 향해 나아가는가
후회 없는 삶 찾아 굳건히 나아가리

함께 울고, 서로 기대어 사랑하며
주어진 하루하루 소중히 채워가리
마지막 날, 잔잔한 미소 지을 수 있도록
아름다운 여생, 그림 그려가리

자연의 섭리

너 어찌 홀로 완전할 수 없나니
칼 가진 자, 날카로운 펜 갖지 못하고
날개 가진 새, 두 다리 땅을 딛네

찬란한 꽃, 그윽한 향기 품지 못하고
화려한 구름, 덧없이 흩어지더라
기특하고 특출한 기예 빛난다 해도
공명은 그림자처럼 멀어지나니

이것이 거스를 수 없는 자연의 섭리
무결점 허상, 부족함 균형 이뤄
결핍 속에서 아름다움 피워내는
자연의 오묘한 섭리를 노래하네

헛소리, 그 너머의 노래

반짝반짝 하려수도
때 되면 피어나는 물안개
기이한 울음의 갈매기
무심히 드리우는 먹구름

예측 못 한 날벼락 같은 슬픔
대지의 눈물 같은 비
저녁놀 붉은 흔적
침묵 속 빛나는 달빛

자연의 몸짓에
애써 수사법 의미 두지 마오
바람은 불고
꽃은 피고 질 뿐

그대 마음 또한
붙잡을 수 없는 바람 흐르리니
억지로 새기려 마오
그저 느끼고 두려움 없이 가시오

자유로운 영혼의 노래는
껍데기 홀랑 벗고,
가슴 깊은 곳 스며드는
솔직하고 강렬한 외침

이제, 은유 비유 작작하시고
그대 하고픈 목소리로
예측 불가능 노래, 들려주시오

영원의 그리움

꽃잎 같은 미소
눈 같은 눈빛
완전한 아름다움 앞에
그대 그리워

덧없이 스러질 순간
함께 나누고픈 간절함이
영원한 그리움으로 피어나네

꽃잎처럼, 첫눈처럼
그대 향한 사랑
영원히 기억하리

망각의 굴레, 고독의 무게

텅 빈 가슴에 스며드는 외로움
채워지지 않는 갈증 속에
홀로 밤을 지새우네
기억의 파편들이 날카로운 칼날 되어

가슴에 깊은 상처 새기고
고독의 그림자는
숨 쉴 틈 없이 따라붙어
삶의 무게를 더하네

망각할 수 없는 기억들이
외로움과 고독을 키우고
인간은 그 굴레 속에서
영원히 벗어날 수 없는 운명인가

시작詩作

너를 갖는 일은 시간과 손끝은 물론
뜨거운 가슴과 날카로운 머리,
심지어 입술마저 아낌없이 쏟아붓고
육신과 영혼의 전부를 내어준 후
비로소 가능해지는 일이다

숨 막힐 듯 광활한 열망의 언저리에서
야생의 날것을 탐하는 사유思惟
거친 바람처럼 스쳐 지나간다
얼굴도 마주 않고 서둘러 약속하고
진정한 감흥조차 모른 채 헤매인다

때와 장소 가리지 않고 끓어오르는 욕구는
호텔 앞에서 망설이게 하고,
팔짱은 고사하고 수줍게 다가오는
상념의 줄기를 움켜쥔다
그럴수록 더욱 간절해지는 갈망

너의 나체를 온전히 품는 일은
말로 형언할 수 없는 격정의 시간
단순한 육체의 결합만으로는
결코 시작될 수 없는,
강렬한 굶주린 유혹을 넘어선

정신 깊숙한 곳의 감각을 순례하는
섬세한 전신애무와 깊은 교감,
육체와 정신이 하나 되는 순간에만
비로소 도달할 수 있는
깊은 탐닉과 황홀한 쾌락의 끝

"너는, 나의 영혼과 나누는 지극한 사랑이다"

검은 바다의 주인

태양이 떠오르기 전 두 눈 부릅뜬 사내,
푸른 심장 가르며 나아가는 강인한 어깨
풍랑 따위 두려워하지 않는다,
삶은 곧 거친 바다 길들이는 투쟁이니

숨 쉬는 순간마다 새겨지는
승리의 훈장, 우악스런 손마디 굳은 진실
섬과 섬을 잇는 뱃길 호령하듯,
사내의 고함은 거친 파도 잠재우네

선잠 깬 파도의 흰 이빨 드러내는 밤에도
물러서지 않는 불굴의 의지
매일 밤, 검푸른 어둠을 꿰뚫어 보며
홀로 빛나는 달빛마저 그의 발 아래 두네

한려수도 푸른 섬들의 침묵을 깨고
당당히 홀로 선 그림자
그의 눈빛 꺾이지 않는 긍지 타오르네

밤의 항구

어둠 내린 바닷가,
파도 소리, 멎지 않는 한숨처럼
꺼진 가로등 아래
숨죽인 검은 그림자

고요 속 피어나는
작은 불빛의 흔들림
적막한 밤바다에
숨 쉬는 듯한 조화로움

한려수도 물결 하얗게 부서지고
고독한 불빛은 희미한 길을 놓네
등대지기의 밤은 저물어
동녘 창으로 스미는 새벽빛

스쳐 간 바람결인가,
멀리 가물거리는 등댓불 잔영
아침 햇살처럼
반짝이는 윤슬이 바다를 채우고
산 너머 붉게 타오르는
일출의 웅장한 기운

7월의 상사화

푸른 사색 위
잡힐 듯 말 듯
젖은 밤, 꽃대만 애처로이 세우고
끝내 만나지 못했네, 상사화

무엇을 기다리나
덧없이 타오르는 상념의 봉우리
오롯한 눈으로 더듬어 보니
남아있던 잎마저 흔적 없이 사라졌다

간절한 염원 한 줌 보태어
그대 찾아 헤매는 칠월의 숲
이루지 못한 사랑에 밤새도록
깜박이던 호롱불마저 꺼져버렸나

기다림에 지친
상사화의 슬픈 운명이여!
가물거리는 희미한 시여!
더 이상 재로 만든 허상을 희롱하지 마라

내 시퍼런 칼날 또 갈고 있으니

구원하는 길

경배보다 네 안 불꽃 일으켜라
이웃 사랑, 그 눈빛 너를 보리니
나눔의 손길, 연대의 하얀 울림

넘치는 소유 내려놓아라
마음으로 채우는 비움의 풍요
함께 누릴 때 세상은 빛나리

헤맴 멈추고 깊은 침묵 속으로
낡은 허물 벗고 탐욕 버릴 때,
실체의 너와 마주하리라

고요한 성찰 끝 피어나는 진실,
그것이 구원의 길

푸른 숨결 경남 고성!

세월의 강물 흘러가도
굳건히 빛나는 고성의 혼이여

반짝이는 조약돌,
바람에 흔들리는 풀잎마다
갯내음 실어 오는 생명의 숨결

땀방울처럼 빛나는,
푸른 파도의 고향이여

고성인이여!
넘실대는 희망의 물결
가슴 가득 힘차게 끌어안자

거류산 정기 받아
싱그러운 바람결 따라
숨 막히던 세상 활짝 열고
고성의 푸른 숨결 깊이 마시자

내 삶의 뿌리, 고향을 생각하며
숨 쉬는 날까지
이 삶, 뜨겁게 사랑하리라

굽이진 오솔길도
시원하게 뻗은 길도 좋다
힘찬 발걸음 옮기며
고성의 찬란한 오늘과
희망찬 내일을 그려보자

이 땅은 나 혼자
잠시 머물다 떠나갈 곳 아니다
서로 어깨 기대는 삶의 터전에서
영원히 행복의 길을 함께 걸어가자

책임의 무게

정의의 편, 그 자리 알았지만
발길은 머뭇, 가담은 어려웠네

앎과 행함, 그 사이 간극은
책임의 무게, 두려움의 그림자

움직인다는 것, 나서는 순간은
결과의 파장, 고스란히 감당함이라

정의의 깃발 아래 함께 나아가
그 무게 감당할 용기, 내겐 있는가

사라진 우정

격랑의 세월 속, 퇴색한 맹세는
모진 삶의 무게 멍울진 어깨 짓누르고
얄팍한 경조사로 잴 수 없는 우정은
덧없이 스러지는 꽃잎처럼 흩날리네

영원한 친구, 야속한 엽전 한 닢의 가치인가
스쳐 가는 바람결 인연, 홀로 걷는 고독한 길
주고받는 정마저 저울질하는 메마른 세상
씁쓸한 술잔만이 타들어 가는 가슴을 적시네

성난 파도처럼 삶의 물결이 덮쳐오듯
밀려왔다가는 격랑의 세월, 덧없이 흘러가는 꿈
동료의 등에 칼을 꽂는 매정한 세상 속에서
진정한 우정은 태평양 너머 아득히 사라져간 별인가

깨어진 소망의 노래

새벽안개처럼, 희미해져 가네
그리던 꿈결, 곱고 아름다운 이름들
인도주의 상식, 맑고 고운 그 말들
빈 술잔처럼, 조용히 사라져 가네

마음 깊은 곳, 아련한 슬픔의 흔적
숨겨진 눈물 되어, 쓰라린 아픔 남아
차가운 바람결에, 잠시 흩어지는 침묵
고요한 얼굴 뒤엔, 진실이 숨 쉬네

아, 작은 목소리, 간절히 속삭이네
어둠 짙은 세상 향해, 조용한 울림을
흩어진 소망 위, 작은 꽃잎 피우리
영원한 마음, 은은히 빛나리라

시간의 침묵

귓가에 스치는 미미한 떨림,
무심히 흘려보낸 시간의 잔해
초침은 쉼 없이 작은 칼날 휘둘러
현재를 베어 과거로 밀어 넣네

붙잡으려 애쓰는 찰나의 숨결,
손가락 사이로 빠져나가는 모래알처럼
한 번 떠난 강물 회귀하지 않듯,
사라진 순간 영영 돌아오지 않으리

소홀했던 무신경 의미 깨달아,
지금 이 순간 풍경 깊이 새기리
흐르는 시간 속에 스러지지 않도록,
마음의 눈으로 순간을 담아두리

나그네의 노래

굽이치는 삶의 길 위에서
잠시 머물러 서로의 풍경이 되리
스치는 바람결 같은 만남 속에도
마음 한 조각 새겨지는 순간들

아직 피어나지 못한 설렘처럼
잊히지 않는 애틋한 이름 하나
고독할 때 손 내밀어 일으켜 준 사람
어둠 속 별 길 밝혀주던 눈빛

거친 사막 나란히 걸었던 시간
메마른 세상 서로의 그늘이었네
세월 흘러도 문득 솟는 그리움
가슴 깊이 살아 숨 쉬는 당신의 존재

수많은 별들 만나 헤어진 여정
스쳐 간 인연, 깊이 새겨진 만남
그 모든 순간들이 모여
오늘, 앞으로 걸어간다

저녁 바다의 속삭임

밀려왔다 스러지는
조약돌들의 이야기
아쉬운 듯 부딪히며

젖은 윤슬 위에
문득 떠오르는
희미한 옛 기억 한 조각

몽돌 틈새 스민
흐르는 시간의 흔적
파도 숨결 머무는
늙은 갯바위 곁에
머무는 바람의 노래

어디로 흘러가는지
알 수 없는 물결 따라
덧없이 사라지는
붉은 노을빛 물거품

더는, 바보라 부르지 마

여전히 발길 머무는 이 길은
우리 사랑 첫 페이지 새겨진 곳
어설픈 설렘 안고
숨겨진 웃음 찾아 헤맸었지

세상에 너 없인 안 된다고
맑은 바다 같은 사랑 맹세하며
결혼, 그날까지 참고 기다렸지
온종일 네 모습 그리며

사랑 그 깊이 알지 못해도
서툰 글씨로 매일 편지 쓰고
그저 너 하나 보고 싶어
영원을 꿈꿨지

하지만 심장에 꽂힌 칼날
영원히 지울 수 없는 흉터 남긴 너
원망은, 하지 않을게
서툰 사랑, 미안했어

부디, 행복하길 바라
더는, 바보라 부르지 마

그때, 풋풋했던 너

골목길 한켠, 해맑게 웃던 너
어설픈 고백 붉히던 두 뺨
서툰 가슴 건네던 비밀 쪽지
시간 멈춘 듯, 세상 너로 가득했지

세월의 강물 야속하게 흘러
어느덧 훌쩍 넘어 다시 만난 너
낯선 이름 옆, 행복한 미소
바람결 스치는 듯, 아득한 꿈결 같았네

잡을 수 없는 시간, 엇갈린 인생
돌아갈 수 없는 아련한 그 시절
가슴 한켠 아릿한 그리움 남기고
그렇게 너는, 나의 푸른 시절 이야기로

출렁이는 봄

만남의 기쁨인가
세월의 슬픔인가

여운의 풍파 철썩이니
부딪쳐 피는 하얀 꽃

붙잡으려 다가가니
메아리처럼 사라진다

짓누른 푸른 간장
어쩔 수 없는 고뇌의 바다

쪼개진 파도는
시퍼렇게 멍이 들었는데

봄바람에 소리없이
가슴이 휘날린다

묻힌 이야기

비 내리는 밤, 스며드는 끈끈한 정
세상에 묻힌 야인의 애틋한 연정인가
원초적인 그리움의 간절한 기도인가

후두둑 빗소리, 어둠에 마음 들킬까
텅 빈 세상에 가득한 공허로운 철학이여
넉넉한 고독마저 감미로운 밤이여
나 아직 굳건한데, 빗속 흔들리는 마음이라

자연의 숨결, 먹 향기 머금은 벼루
수묵으로 그려낸 아득한 우주
버릴 수 없는 조화와 부조화의 세계
밤길에 스며드는 은은한 꽃향기인가

영혼이 새겨진 삶의 여정
사랑이 힘이고, 인생의 전부인 것을
가슴 저미는 절실한 사랑 꽃
비춰진 인생길 행복의 순간들
그 영상 속에 마음을 열어보네

불멸의 사랑 노래

촉촉한 봄비 내리는 바닷가,
짙푸른 밤의 그리움이 가슴 저릿합니다
은은한 향기는 몽환처럼 아득하고
부서지는 파도는 그대 이름만 속삭이는 듯합니다

맑은 바람결에 날아온 눈부신 모습은
순결한 백합처럼 영원히 시들지 않는 황홀한 순간
지혜로운 언어는 별빛 되어 가슴 적시고
고결한 품격은 달빛처럼 세상을 감쌌습니다

그 순간, 나의 우주는 오롯이 그대였습니다
어둠 속, 숨결처럼 나누었던 아름다운 이야기들은
밤하늘 별처럼 영원히 빛나는 서사시
새벽 안개처럼 스며든 따뜻한 미소는
고요한 호수의 파문처럼 영혼 깊이 흔듭니다

지우려 애쓸수록 선명해지는 그대 환영은
아련한 꿈결처럼 눈앞에 아른거려 애틋함 더하고
격렬한 파도 소리는 이제
사무치는 그대 목소리처럼 들립니다

젖은 모래밭에 홀로 앉아 푸른 수평선을 봅니다
영원히 밀려왔다 밀려가는 파도처럼,
내 가슴을 잠식하는, 격렬하고도 영원한 그리움 하나
시간조차 거스를 수 없는, 불멸의 사랑 노래입니다

푸른 아침의 항해

밤의 책장 넘기다 새벽을 맞으니
싸늘한 파도가 밀려와 속삭이네
남해의 푸른 물결, 아침 햇살에 씻기듯
맑은 숨결로 하루를 시작하려나

통통배는 뭍을 박차고 나아가
고요한 바다에 길을 트네
세상이 잠든 사이, 먼저 나아가
부지런한 하루를 열어야지

늘 깨어있으라, 깊은 잠 속에서도
바다 같은 세상, 예측할 수 없으니
얼마나 내 뜻대로 살아갈 수 있을까
굽이치는 파도처럼 흔들리는 날들

올곧게 나아가리라 다짐하지만
돌아보면 어긋난 발자국들
저녁 연기처럼 희미해지는 기억 속에
애써 붙잡으려 했던 순간들 아련하네

고향, 그 기억의 흔적

갯벌과 논밭 사이,
어렴풋이 맴도는 부모님 환영
그리움에 베인 가슴,
수평선 너머 아득한 하늘길

내 누울 자리 찾아 자지고개 오르니,
고요만이 감싸는 적막
벽방산 마주하니,
애달픈 산새 소리만 울려 퍼지네

쟁기질 후 거름 뿌리던 손길,
흙 한 줌에 묻어나는 옛 추억
드넓은 밭가 홀로 선 그림자,
어느새 눈에 들어온 그리운 초등학교

귓가에 맴도는 정겨운 목소리,
가슴 깊이 스며드는 아련한 기억들
세월의 무게인지, 아쉬움의 잔영인지
문득, 초겨울 찬바람에 옷깃을 여미네

새벽, 남산에 기대어

맑은 영혼 순례하는 새벽 남산
서늘한 공기 폐부에 스며들 때면
우주의 숨결 맑은 선율 기대어
가슴 속 깊이 흐르네

겨레의 혼 깃든
참전용사기념비 돌아
오늘과 내일의 사념 잠긴 채
충혼탑 서리꽃
삶의 고요한 무게 짊어지고 걷는 길

마주치는 반가운 얼굴들의
숨겨진 고독을 바라보며
푸른 바다 외딴섬들의
작은 이야기에 귀 기울이는
새벽 산책은 삶의 청량한 활력

찬바람에 뜨거워진 가슴
밀려오는 파도 소리에
가만히 귀 기울이면
나의 새벽은 늘 내 안에 있었네

사시사철 푸른 물결 드리운
화폭 같은 남산 공원은
예로부터 재능 있는
아름다운 이들의 고향이었나

비 오는 밤의 노래

비 내리는 밤
젖어 드는 밤의 공기,
가슴 깊이 스미는 그리움

어둠은 잊었던 사랑을 깨우고,
삶의 켜켜이 쌓인 인연들을
조심스레 더듬어 보는 시간
그리움은 마음의 본향으로
간절함은 침묵의 기도처로 이끈다

후드득 빗방울 맞으며
어둠 속으로 띄워 보낸 마음은
메아리 없이 돌아오지 않고
텅 빈 공간만 깊고 넓게 남아
외로움의 아픈 철학을 새기며
날카로운 비수처럼 가슴을 찌른다

고요한 우주의 숨결은
더욱 깊은 꿈의 세계로 초대하고,
만물을 감싸 안은 자연의 조화 속에서
변치 않는 진리가 피어난다

축축한 밤 냄새 속
익숙한 체취를 떠올리며,
영혼의 설계대로 아름다울 수 있는 삶을
조용히 되뇌인다

'나'보다 '너'에게 쏟았던 뜨거운 열정,
가족에게 채워주지 못했던
애달픈 마음속 애정에서,
삶의 참된 의미를 발견하고
아름다운 순간들을 가슴에 새겨본다

연꽃의 노래

강렬한 햇살 아래
가냘픈 숨은 외면당하고
가뭄 날은 깊어져
봉오리 꿈은 희미해진다

푸른 잎 노랗게 마르고
불덩이 작열하는 고된 하루
혼탁한 생존의 물속
숨 막히는 몸부림

작은 외침은 뻘 속에 잠기고
희망의 목소리 들리지 않는다
메마르지 않으려 발버둥 치지만
줄기조차 덧없이 스러져 간다

알면서도 잠잠한 하늘
흙탕물에 발을 담근 채
번쩍이는 태양 노래 들으니
줄기의 신음은 더욱 깊어지네

그러나 절망 속에서도
작은 희망은 남아있으니
스스로의 샘물 찾고
뿌리의 힘을 모으는 것

고된 수련 겸손한 마음으로
진흙 속에 피어나는 꿈
본연의 아름다움 잃지 않고
꿋꿋하게 나아가리

비록, 물은 혼탁할지라도
내면의 존엄성 지키며
고난의 생명 찬연히 피어
흙탕물 맑히리라

제4부

아내에게 바치는 노래

아내에게 바치는 노래

싸늘한 새벽, 서리꽃 창가에
홀로 핀 그대, 시린 겨울 녹이는
따스한 숨결, 붉은 꽃잎 닮은
내 마음에 영원히 지지 않는 불꽃

푸른 파도 끝없이 밀려오는 날들
짙은 슬픔마저 잠재우는 그대
어둠 속 길 잃은 돛단배 이끄는
작고도 강인한, 삶의 마지막 등불

모진 눈보라 휘몰아치던 겨울밤
차가운 세상 속, 굳건히 피어난
처절한 사랑, 붉디붉은 꽃잎 되어
내 가슴 깊이 새겨진 영원한 이름

숨 막히는 절망 끝에 맺힌 열매
고통 속에서도 꺾이지 않는 그대
메마른 영혼 마지막 숨결 불어넣는
아름다운 사람, 나의 푸른 잎새

차가운 절벽 틈새, 위태로운 꽃잎
모진 바람에도 꺾이지 않는 의지
텅 빈 내 가슴 가득 채워주는 온기
붉게 스러져도 영원할, 나의 동백꽃

나의 연꽃

오랜 세월 꽃 피워 고맙소
듬직한 씨앗 남겨 더 고맙구려
자식 손주 웃음꽃 피어나니
잎은 시들어도 마음은 흐뭇하오

청개구리 울던 지난 세월
나의 연꽃은 모진 풍파 속
줄기 나누고 뿌리 깊이 내려
그 험한 진흙밭 깨끗이 정화시켰소

당신, 넓고 푸른 연의 밭이었소
홀로 헤쳐 온 말 못 할 시련들
깊이 새겨져 이제 당신 뜻 따르리
내가 연꽃 되어 감싸드리리

아팠던 세월 미안한 마음
이제 넉넉한 사랑으로
그 빚 갚아 드리겠소
"억수로 고맙소!"

동반자

고요한 영혼,
선한 가슴 손길 서린
그 정성 강물 되어
내 가슴 적시네

예쁜 손주, 며느리 목소리
바다의 야인,
오늘을 굳건히 딛고 서다

한때 하늘의 별을 쫓던
붉고도 시린 날들,
사랑한다는 그 말들이
이제는 미안함으로 스며드네

소복이 쌓인 지난 세월 돌아보니,
달빛처럼 흘러
서산에 머무는 노을 같은 당신

나의 삶을 투명하게 비춰준
그 사랑은
내 여윈 꿈의 영원한 동반자이어라

큰 바다

소녀의 햇살 부서지는 머릿결 아래
좌초된 꿈은 어느 섬에 잠들었나

철썩이는 파도에 움츠러든 세월
그 자리, 빙모님 홀로 앉아 계시네

무엇으로 이 마음 보답할 수 있을까
고맙고, 또 사무치게 미안한 바다

부부

외로운 그림자 길게 드리운 날
문득 옆을 돌아보면 따스한 눈빛
서로 어깨 기대어 걷는 발걸음
나 홀로 엄두 못 낼 먼 길 걸어왔다

작은 손 내밀어 일으켜 주는 온기
휘청, 비틀거릴 때 붙잡아 주는 힘
나누는 웃음꽃 피어나 향기롭고
함께 흘리는 눈물 마음에 새겨진다

의무 아닌, 당연한 책임으로
서로 의지하는 사람ㅅ 깊은 뜻
네 기쁨 나의 기쁨 되고
네 슬픔 나의 슬픔 되는 동행

기꺼이 손 내밀어 서로 잡아주고
기쁜 마음 기대어 함께 나아가
우리가 함께 만들어갈 사랑은
아들 며느리 손주 노래 가득하리

젊음 소환

겨울 외투 벗으니 어깨 가벼워
잔잔한 미소, 햇살 아래 피는 사랑꽃
창문 너머 푸른 하늘 올려다보니
잃었던 날개 다시 돋아 오른 듯

오늘따라 낡은 기억 속 젊음 깨어나
흥얼거리는 노래 아련히 스치는 시간
캔버스 아내의 미세한 웃음 마주하니
잊었던 생각들이 눈앞에 머문다

흐릿한 기억 속 젊음을 더듬어
정성스레 써 내려가는 아내 위한 시
그 어떤 재회보다 강렬한 떨림으로
아내는 온전한 젊음을 되살려주네

가슴 가득 피어나는 첫날의
사랑을 설렘으로 소환하여
잃어버린 젊음 다시 만나는 순간
곱게 묻어둔 꽃 다시 피워 올리네

천생연분

아내, 횟집 경력에
술안주 걱정 없지
미숙한 그림이지만
시, 이미지 걱정 없다

둘도 없는 아들
자수성가
천사표 손녀
곳곳에 향내 나는데

어째, 가슴에 도는 미안함

잘 사는 일
사랑하며 사는 것
연분이 하늘에 닿도록
오래 행복하리라

불효의 무게

흐릿한 하루의 짐을 내려놓고
붉게 물든 저녁놀 아래
텅 빈 밭두렁 홀로 걷는
그대, 어깨 숙인 늙은 그림자여
세속의 묵은 시름
지는 해 그림자에 스르르 녹아드네

푸른 하늘 드높이
"갑아" 부르시던 부모님 목소리 붙잡고
굽이굽이 넘던 세월,
"그땐 철이 없었습니다"
늦은 후회 속삭여 보지만

바람결에 흩어지는
이제는 들을 수 없는 그 음성
텅 빈 가슴, 움켜쥔 흙 묻은 두 손
다 갚지 못한 불효의 무게
애끓는 마음 담아 두 손 모으면
그리운 얼굴, 꿈엔들 다시 뵈올 수 있을까

피었다 지는 꽃잎, 돌고 도는 세상 이치
이제야 깨달으니
곁에 계실 때, 더 따뜻이 안아드릴 것을

장부의 뜻

뜻을 세우니 발길은 오직 한 곳을 향하고

세상이 외면하면 잠시 멈춰 흐름을 보리라

기다려도 운명의 문 열리지 않으면

고요히 스러지듯 늙어가리니, 그 또한 삶이리라

선녀

울고 웃는 해맑은 모습
할아버지 할머니께는
아주 아주 귀한 산삼

엄마 아빠 삶의 의미
소중한 행복의 꽃보석

화상 통화 끝에
내일 만날 생각을 하니

마음은 평화롭고 찬란한
하늘에서 내려온 선녀가
온전히 내 눈앞에 나타나
온 마음 가득 기쁨 속삭이네

희망봉

핏줄 속 깊이 이어진 정情,
내 족보에 다시 태어난 너는
더없이 소중한 손주,
나는 너를 든든히 지켜줄 할아버지

해맑게 웃는 네 모습 꽃잎보다 사랑스럽고,
힘찬 울음 세상 존재 알리며 자라는
우리 가족 산의 가장 빛나는 희망봉

어디에 숨겨둘까, 이 작고 소중한 보물
아린아, 저 푸른 하늘 높이
맑고 깨끗하게 빛나는 별처럼 자라렴

아빠는 넓은 오대양 육대주 어디를 가든지
네 모습 떠올리며 힘을 얻고,
엄마는 앙증맞게 폴짝폴짝 기어다니는
너에게서 한순간도 눈을 뗄 수 없단다
작은 손으로 젖꼭지 밀어낼 때면
애틋한 마음에 가슴이 저릿해

보고 또 보아도 그리운 나의 아린아,
할미 할비 꿈속에서
온종일 즐겁게 뛰어놀렴

순백의 전령사

온종일
이목에 꽉 찬
전가의 보도

높은 곳에서
맑게 반짝이는
순백의 전령사

명면名面에 닿은 네 모습
하도 순수하여
그 모든 심중心重
미소에 가려
행복이 지천이라

까마귀 울음

첫골 저수지, 애달픈 까마귀 울음
바람은 하얀 마음 졸이며 스치네

소먹이골 풀숲 무성하고
노을은 붉게 물들어 가는데
산새 한 마리, 그리움 실어 날갯짓하네

고향집 그리워 찾아오는 이여
소싯적 그 얼굴 하얀 박꽃 피어나
한없는 그리움에 술잔 기울였노라

부디, 전해주오 내 마음을

푸른 물결 위 싱싱한 행복

푸른 물결 넘실대는 청정 바닷가
햇살 아래 반짝이는 은빛 비늘
낚싯줄 드리우니 기다림의 설렘
싱싱한 도다리 한 마리 올라왔네

칼날 따라 하얀 속살 드러내고
붉은 소주잔에 찰랑이는 기쁨
바다 향기 머금은 회 한 점 입에 넣으니
세상 시름 잊은 채 황홀한 미소 번지네

파도 소리 잔잔한 음악 삼아
아내와 나누는 술잔 속 정은 깊어지고
갓 잡은 싱싱함, 짭짤한 바다 내음
이 순간, 세상 부러울 것 없는 행복이라

잔잔한 노력

고요한 수면 위, 쪽배 홀로 잠들 때
바람은 숨을 죽이고, 파도는 잦아드네
나아갈 길 아득하여, 마음마저 멈출 때
좌우 노를 붙잡고, 묵묵히 저어가라

손끝에 감기는 물결, 땀방울 송골송골
미미한 움직임조차, 헛되지 않으리니
가슴속 깊은 곳에서, 희망 하나 불러내어
흔들리는 노 끝에, 간절함을 실어라

때로는 더디고, 때로는 숨이 턱 막혀도
포기하지 않는다면, 물길은 열릴지니
잔잔한 노력들이, 모여서 큰 흐름 되고
마침내 네 작은 배는, 푸른 물결 위에 뜨리라

바람이 잠든 시간, 절망이라 부르지 마라
스스로 만들어가는, 항해의 시작이니
보이지 않는 길이라도, 두려워하지 말고
네 안의 바람을 믿고, 힘차게 노를 저어라

아내

당신은 내 사랑
꽃분홍 진달래 핀 길 위
먼 세월이 흘러
당신의 미소 아름답소
돌아보니 아직,
깊은 강물같이 출렁거리오

질곡의 시간을 건너고
청춘의 다리를 지나
두려울 것 없이
오늘에 이른 것은 단 하나
나를 기댄 사랑의 온기
그것이 나의 힘이고 의지였소

여태 보내준 따뜻한 눈빛
기다림과 인내
수많은 추억들
어느 하나 버릴 수 없는 시간
그 무엇도 부럽지 않은 보석이었소

작금에 그랬듯
남은 시간도 함께 갑시다
일출과 일몰을 벗 삼아
숱한 시간이 또 지나도
고맙고, 사랑하오
내 아내여, 내 사랑이여!

쉴 준비 단디 하겠나이다

금빛 물결 넘실대는 청정바다 언덕바지
동해면 인동 장씨 선동 문중묘원
고조부, 증조부, 할아버지, 할머니,
차례대로 술잔 올려 절하고
아버지, 어머니 술잔 올리네

울컥 차오르는 마음, 헛기침 삼키며
땅에 닿은 손, 쉬이 떨어지지 않아
아들, 며느리, 손주 재롱에,
차마 눈물 보일 수 없어, 애써 웃음 짓네

아버지, 어머니, 세월 흘러 막내아들,
할아버지 되었나이다
손주 엉덩이 하늘 들고, 머리 땅 찧으며
저거 아빠 따라 절하는 모습 보니 우습지예?
저 또한 아래 칸에 마련된 이곳에
쉴 준비 단단히 하겠나이다

일확천금 아니지만, 비겁하지 않았고,
공익의 길에서 사나이 밥벌이했나이다
손주, 손부, 제 밥벌이 잘하며
참 착하고 예쁘나이다

증손주 절하는 모습 보셨지예?
영상 통화 늘 웃음꽃 피어나나이다
어머니께 죄송한 마음, 자꾸만 뜨거워지는 눈,
아이들 보기 민망하여, 이제 내려가려 하나이다
출퇴근 길목이라 자주 들르겠나이다

다음에 올 때까지 편안히 계시옵소서
이제 내려가나이다

아들 며느리 손주에게

세월의 강물 위에 작은 배 띄워
쉼 없이 흘러온 나의 젊은 날들아
이제 너희들 푸른 물결 바라보며
잔잔한 미소 남은 날 저어가련다

하나뿐인 소중한 나의 아들아
네 어깨에 짊어진 삶의 무게
때로는 버겁고 힘들지라도
사랑하는 아내와 함께 굳건히 나아가

서로의 눈빛 속에 깊은 믿음 찾고
작은 행복에 감사하며 살아가렴
혹독한 바람 불어와 흔들릴 때면
처음 만났던 날 설렘을 기억하렴

나의 귀한 며느리, 고맙고 사랑스럽다
낯선 곳에 와 둥지 틀고
애쓰고 마음 써준 너의 고운 마음에
늘 감사한 마음 금할 길이 없구나

때로는 시부모 부족함 보일지라도
너그러이 이해하고 보듬어주렴
함께하는 시간 속에서 정을 쌓아
따뜻한 가족의 울타리 만들어가자

예쁜 나의 손주야, 반짝이는 눈망울아
너의 웃음소리 온 집안 햇살이란다
맑고 밝게, 건강하게 자라렴
세상의 모든 아름다움 네 마음에 담으렴

때로는 넘어지고 다칠지라도
스스로 일어설 수 있는 용기 배우고
정직하고 바른 사람으로 자라
세상에 빛을 던지는 아이가 되렴

사랑하는 아들 내외야, 그리고 나의 손주야
너희들 행복이 나의 가장 큰 기쁨이란다
서로 아끼고 사랑하며 늘 건강하고 행복하렴
내가 너희에게 줄 수 있는 가장 귀한 것은
변치 않는 사랑과 응원이란다

언제나 너희 곁에서 든든한 나무처럼
너희의 삶을 지켜보고 응원하마

하루의 끝, 푸른 위로

굽이진 시골길, 석양 머금은 바다는
오늘의 고단함을 푸른 숨결로 감싸고
잔잔한 물결 위로 흩어지는 햇살은
지친 어깨 위로 내려앉는 따스한 위로

집으로 향하는 발걸음은 가볍고
마음은 어느새 평화로운 섬이 된다
현관을 열면, 나를 반기는 환한 미소와
투명한 잔에 담긴 아내의 사랑 한 잔

하루의 노곤함은 술잔에 녹아들고
소소한 이야기는 밤의 장막을 채운다
별빛 아래, 함께 나누는 따뜻한 온기는
세상 모든 시름 잊게 하는 마법

푸른 바다 닮은 아내의 깊은 눈빛 속에
오늘 하루의 의미가 잔잔히 스며든다
이 작고 소박한 행복이 주는 충만함,
내일 또 하루를 살아갈 힘이 되리라

제5부

불가능은 없다

불가능은 없다

넘어지고 부딪히고 깨어지는 날들
좌절의 깊은 숨결, 멈춰버린 발걸음
불가능이라는 그림자가 드리울 때

고개를 들어, 저 먼 곳을 바라보라
시간의 강물은 쉼 없이 흐르고
작은 씨앗 하나 품고 끈기 있게 기다리면

마침내 굳건한 뿌리 내리고
푸른 잎 펼쳐 바람에 노래하리니
불가능은, 다만 더딘 걸음일 뿐

포기하지 않는 용기,
천천히 나아가는 지혜,
그 속에 꿈은 피어나리라

찻집

투박한 겉모습과는 달리
넉넉한 가슴에 담아 온
시원한 아이스커피 한 잔

창밖을 바라보니
무화과 열매 봉긋, 젖꼭지 되어
달콤하게 내 입술에 빨려든다

찻잔에 담긴 아련한
인생의 솔직한 맛들이
목울대를 넘어
벅찬 삶의 기쁨으로 스며들고,

곁눈으로 음미하는
은은하고 고상한 풍미는
덧없는 내 삶에 더하는 작은 여유

말이 통하는
차
한
잔

당항포, 승리의 함성

몰아치는 검은 물결, 왜적의 칼날
아침의 강토 짓밟으려 할 때
당항포 푸른 바다, 핏빛 전장 되어
위국충정 한마음, 용맹을 떨쳤네

경상우수사 원균, 전라좌수사 이순신,
전라우수사 이억기, 단단한 쇠망치 되어
백척간두 위기 속에, 굳건히 나아가
필사의 각오로, 조선의 명운을 걸었네

포효하는 거북선, 불을 뿜는 판옥선
천지를 뒤흔드는 함성, 적을 압도하니
두 차례 전투 끝에, 왜선 쉰일곱이
차가운 물 속으로, 영원히 잠들었네

유일무이 합동작전, 승리의 깃발 드높이
당항포 그 이름, 역사에 길이 빛나리
오늘날 평화로운 바다, 그날의 영웅 기리며
불굴의 정신으로, 영원히 살아 숨 쉬리!

영원한 꽃

덧없이 시드는
장미와 백합의 노래여

그러나
마음 밭에 심은 꽃은
세월도 닿을 수 없나니

언어의 정원에서 피어난
오직 한 송이 '시' 영원하리

106 야인의 여로

어둠을 헤치며 홀로 걸어온 길,
눈물은 강이 되어 발아래 흐르고
야인의 심장은 찢겨진 깃발처럼
바람 속에서 고독하게 휘날리네

발자국마다 사연이 스며 있고
슬픔은 별이 되어 밤하늘을 수놓으니
그 모든 아픔이 여정의 등불 되어
꺼지지 않는 희망을 비추네

황야를 걷던 야인의 그림자
이제 눈물 마른 자리에 강인함이 피어나
새로운 길을 개척하는 용기 되어
자유를 향한 발걸음 멈추지 않으리

자유가 의심받기 시작했다

광장의 깃발은 찢기고
외침은 메아리 없이 흩어지네
믿음의 탑은 흔들리고
불신의 그림자 드리우네

한때는 새벽을 깨우던 함성
이제는 침묵 속에 갇히고
자유의 날개는 꺾여
의혹의 눈빛만이 번지네

어둠 속에서 속삭이는 음모
진실은 가면 뒤에 숨고
정의의 저울은 기울어
불안의 무게만이 더해지네

깨어라, 잠든 영혼들이여
침묵은 곧 쇠사슬이 되리니
다시 횃불을 높이 들고
자유의 길을 밝혀나가리

얼굴의 말

양마산 말벌 둥지
두 얼굴의 말이 속삭이네
천리마보다 빠른 혀
진실을 덮는 거짓의 그림자

아리수 젖줄에 기름진 거짓
천금준마 가면 쓰고 뽐내네
번지르르한 말의 성찬
거짓 위에 거짓 쌓아 탑을 쌓네

구나방 몽짜의 교활함
낮과 밤이 다른 간사한 혀
어제 낳은 말이 오늘 낳은 말의 어미
가르친 사위, 가납사니 헛소리

마지랑 물 먹고 칼벼랑 선 푼수들,
흙감태기 뒤집어쓴 어리석음이여
진실의 무게를 외면한 채
허망한 욕망의 춤을 추네

비장필천轡長必踐 2

영혼 없는 말만 남은
텅 빈 마구간에
병든 말만 가득하고
그대 향한 준마는 없네

아아, 차갑고 아픈 마음
미움에 내쳐져도
어찌 쉬이 떠날 수 있으랴
미쳐가는 그대를 두고

양말벌에 날뛰는 광마
준마를 다루는 조련사는
검게 타버린 내 마음 외면하고
진실 마구간 뛰넘는 말만 있네
천금준마는 어디에 있는가

기초의회, 예산의 춤곡

삭풍 몰아친 자리, 텅 빈 곳간에
사랑 넘치는 의원들, 흥청대는 잔치
동냥 얻은 재정에 외상 술잔 기울이며
추경의 풍요로운 노래를 기다리네

"삭감이 의회의 꽃"이라 읊조리며
칼날 춤추듯 예산을 베어내지만,
부서장 굽실대는 로비의 속삭임 속에
의원님 부탁 예산, 슬그머니 부활하네

"삭감 많아 안 됩니다" 엄포 놓는 부서장
추경의 마법으로 소원 이뤄주니,
깎고 또 깎은 예산, 어느새 불어나
부끄러운 자화상, 되풀이되는 기만의 연극

어찌 끊을까, 이 낡은 사슬의 고리
도덕과 윤리의 칼날로 스스로를 베고,
환골탈태의 몸부림으로 거듭나야 하리
선출의 이기심 쇠고랑 채우고, 공익의 깃발 높이 들어

오직 혁신의 바람만이 기만을 깨우리라
의회와 주민 모두, 시대의 부름에 답하여
부끄러운 과거를 딛고, 미래를 향해 나아가리

살아 있음의 노래

장형갑 지음

발행처   도서출판 **청어**
발행인   이영철
영업   이동호
홍보   천성래
기획   육재섭
편집   이설빈
디자인   이수빈 | 구유림
제작이사 공병한
인쇄   두리터

등록   1999년 5월 3일
          (제321-3210000251001999000063호)

1판 1쇄 발행 2025년 7월 20일

주소   서울특별시 서초구 남부순환로 364길 8-15 동일빌딩 2층
대표전화 02-586-0477
팩시밀리 0303-0942-0478
홈페이지 www.chungeobook.com
E-mail   ppi20@hanmail.net

ISBN   979-11-6855-357-6(03810)